KB058198

오늘도
솔직하지
못했습니다

오늘도
솔직하지
못했습니다

자토 글·그림

자토의 소소한 자취 일기

시공사

저는 서울에서 자취 중인 회사원입니다. 대학에 입학하는 동시에 서울로 올라와 자취 생활을 시작하게 되었고, 그대로 취업까지 이어져 홀로 살이도 어느덧 10년째로 접어들었습니다. 홀로 생활하는 동안 기쁘고 즐거웠던 일도 많았지만 집주인의 횡포 때문에 전전긍긍하거나 직장 상사에게 부당한 대우를 당하고 분을 삼킬 때마다, 저는 세상의 최약체인 토끼가 되어버린 듯한 기분이 들었습니다. 그리하여 저의 캐릭터는 '자취 토끼', 줄여서 '자토'가 되었습니다.

자취 생활 10년, 짧다면 짧은 이 시간 동안 자취방의 크기는 무려 두 배가 되었습니다. 대학교 근처의 네 평짜리 원룸에서 홀로 살이를 시작했는데 취업과 두 번의 이사를 거쳐 지금은 여덟 평짜리 방에서 살고 있거든요.

남들이 보기에는 토끼우리만 한 방일지라도 저는 제 방이 정말 좋습니다. 이 방 안에서만큼은 저 자신에게 솔직해질 수 있기 때문입니다. 기쁠 때는 음악 없이 막춤을 출 수도 있고, 슬플 때는 세상에서 가장 못생긴 얼굴로 소리 내어 펑펑 울기도 합니다. 자신에게 솔직하다는 것은 곧 자유롭다는 뜻이기도 하니까요.

지금까지는 이런저런 이유로 사람들 앞에서 다른 자신을 연기하기도 했지만 이제 저는 제 방 외의 공간에서도 솔직해지려고 합니다. '자토의 소소한 자취 일기'를 연재하며 솔직한 이야기가 더 깊은 공감을 일으킨다는 것을 느꼈거든요.

저의 소소한 이야기들로 여러분에게 작게나마 힘을 보태드릴게요. 부디 잘 받아주시길.

자토(29세)

서울 자취 10년 차, 회사 생활 5년 차.
요리와 분리수거,
직장 생활까지 아직 그 무엇도 쉽지 않다.

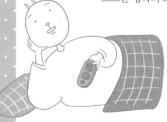

2장 전자레인지로 마음을 데울 수 있다면

3장 천천히 걸으며 살아도 괜찮아

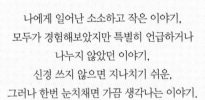

나에게 일어난 소소하고 작은 이야기,
모두가 경험해보았지만 특별히 언급하거나
나누지 않았던 이야기,
신경 쓰지 않으면 지나치기 쉬운,
그러나 한번 눈치채면 가끔 생각나는 이야기.

1장

홀로 살이 10년,
자취 토끼
'자토'입니다

자취생의 밥주걱

친구가 일본에서 토끼 모양 밥주걱을 사다 줬다.

짠! 귀엽지!
너 자취하니까
필요할 것 같아서.

오호~ 밥주걱!

그날 이후.

아쉽지만 밥 풀 일이 없다….

다른 친구가 우리 집에 놀러 와서
장식품이 된 밥주걱을 발견하고는 왜 쓰지 않느냐고 물었다.

말없이 창고 문을 열어 즉석밥들을 보여주었더니
그래도 그냥 두기는 아깝다며
구둣주걱으로라도 써보라고 농담을 던졌다.
순간 굿 아이디어라고 생각했지만
역시나 실천하고 싶지는 않았다.

건강을 챙기게 된 요즘,
즉석밥 대신 전기밥솥을 애용하기 시작해서
토끼 주걱도 덩달아 열심히 일을 하고 있다.
편하게 살던 주걱에게는 안된 일인지도 모르겠다.

오늘도 솔직하지 못했습니다

예전에는 일기를 곧잘 썼지만

어느 순간부터 잘 쓰지 않게 되었다.

몇 년 전,
이런 내 모습을 깨달았기 때문이다.

다른 사람을 의식하는 만큼
나 자신에게는 점점 솔직해지지 못한다.

사실 남들은 신경도 안 쓰는 일일지도 모르는데 말이다.

자신에게 솔직하지 못한 어른이 되어버린 것 같아
미안하다고 일기에 쓰고 싶어진 날이었다.

나는 언제부터 이렇게 남을 의식하게 된 걸까?

'남에게 잘 보이려고 하기보다는
자신에게 솔직해지고 싶어!'라고 항상 생각하지만,
오늘도 상사의 뒷이야기를 하고 있는 동료들 사이에서
"나는 사실 그 사람 이해해"라고 당당하게 말하지 못했다.

만약 이런 식으로 행동해서 모든 사람에게
사랑받는 사람이 된다고 해도,
정작 나는 나 자신을 사랑할 수 없지 않을까?

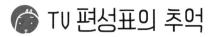

TV 편성표의 추억

어렸을 때,
나는 TV 편성표 보는 것을
좋아했다.

알았어.

30대 아빠.

아빠 아빠,
나 맨 뒷장 줘!

초등학교 3학년 자토.

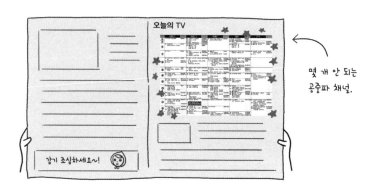

오늘의 TV

감기 조심하세요~!

몇 개 안 되는
공중파 채널.

주말에는 특히 동그라미가 많다.

언니와 나는 편성표에 동그라미를 쳐가며
보고 싶은 프로그램을 고르곤 했다.

지금은 셀 수 없을 정도로 많은 채널을 돌리다가
지치기 일쑤.

가끔은 단순했던 시절이 그립다.

처음 와본 밥집에서.

인생을 살면서 고민해야 할 것들은
이미 충분히 쌓여 있다.
그러니 사소한 선택에 연연하지 말아야지.

괜찮아요, 좋아해요

얼마 전,
엘리베이터에서 있었던 일.

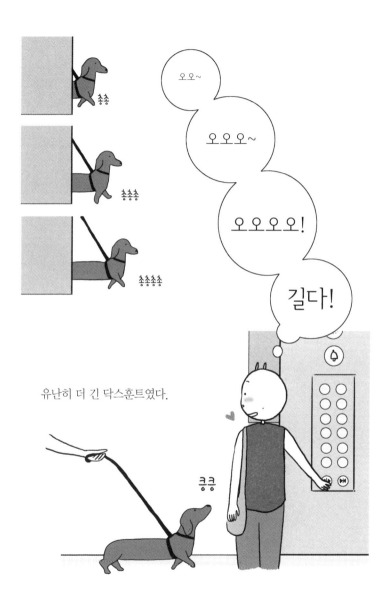

유난히 더 긴 닥스훈트였다.

이럴 땐 흐뭇한 미소를 유지해서
나도 개를 좋아한다는 것을 어필하지만….

먼저 "괜찮아요! 좋아해요!"라고 말할 수 있는
성격이면 좋았을 텐데.
그래도 닥스훈트는 내 마음을 느낀 것 같아!

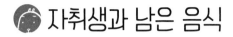 자취생과 남은 음식

자취생은 요리하기가 쉽지 않다.

그래서 식당에서 남은 음식을 곤잘 포장해 가곤 한다.

하지만 안 친한 사람과 식사할 때는

쿨한 척하느라 그냥 두고 가지만 역시 아깝다.

쿨하게 포기한 음식은
다음 날 배고플 때 반드시 생각난다.

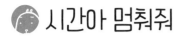 # 시간아 멈춰줘

어느덧 20대 후반,
친구들과 부쩍 이런 대화를 자주 나눈다.

12월생은 억울해!
한 달만 늦게 태어났으면
한 살이나 어려지잖아.

맞아 맞아.
그렇네.

88년생도
억울하지 않아?
90년대생이랑 80년대생은
느낌이 완전 달라!

맞아!
2년만 늦게 나올걸.

그냥 지금 태어나지 그랬어….

나도 결국은 그런 어른이 되었다.
"나이가 들수록 시간이 더 빨리 흐르는 것 같아"라고
말하는 어른.

붙잡을 수 없는 시간이 아쉬워서
매 순간을 소중히 여겨야겠다고 다짐하지만
오후 2시쯤 감겨오는 눈을 힘겹게 뜨고 일할 때,
차장님만 말하고 있는 회의가 도무지 끝나지 않을 때,
회식에서 자꾸 건배사를 시킬 때
'시간아, 빨리 흘러라'라고 바라는 마음은
어쩔 수가 없다.

불행을 예방하는 방법

불행한 일은

언제나 그렇듯

생각지도 못한 때에

일어난다.

그래서 나는 불안할 때
안 좋은 상황을 구체적으로 상상해본다.

우리가 상상한 최악의 상황들은
의외로 쉽게 찾아오지 않는다.
그러니 너무 걱정하지 말자.

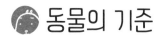 동물의 기준

언니 집에는 이 아이들이 있다.

그중 유키는 TV 보는 걸 좋아한다.

문제는 TV에 동물만 나오면 방방 뛰며 짖어댄다는 것.
그럴 때는 빠르게 채널을 돌려야 한다.

동물 탈을 쓴 사람이 나와도 예외는 아니다.

어느 날은 TV에 유세윤 씨가 나왔는데

역시나 짖었다!

유키의 기준

동물농장: 성우 목소리가 나오자마자 짖음.

춤추는 사람: 관심 없음.

파충류: 으르르르릉….

스폰지밥: 그냥 구경.

스폰지밥의 징징이: 매우 짖음.

아기: 신기하다!

유세윤의 개코원숭이: 고민하다가 짖음.

하루는 엉덩이에 눕는 걸 좋아해.

 힘 빼세요

마사지사가 힘을 빼라고 하면

갑자기 힘이 더 들어간다.
(사실 힘을 준 건지 뺀 건지 헷갈림.)

이런 일은 병원에서도 일어난다.

혹여나 팔 안에서 바늘이 부러질까 봐
억지로 힘을 빼려는 순간!

어린 시절, 나는 뭐든 억지로 시키는 선생님보다
날 믿어주는 선생님의 말씀을 더 잘 들었다.
그 선생님이 기뻐하는 모습을 보고 싶었기 때문이다.

회사에서도 마찬가지였다.
강압적인 상사보다 협력을 유도하는 상사가
나의 업무 집중도를 더 높여주곤 했다.

억지로 하는 일은
마음에서 우러나와 하는 일의
질을 뛰어넘을 수 없다.

그러니 뭐든 너무 억지로 하지 말자.
마음속에서 바늘이 부러진다면 돌이킬 수 없으니까.

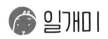 # 일개미

어느 날, 내 자취방에 개미가 나타났다.

어머, 너희 왜 들어왔니?

냠냠

이 누추한 곳에, ㅋㅋ

아직은 몇 마리만 눈에 보임.

처음에는 '이 정도쯤이야'라고 생각하며
공생하려 했으나….

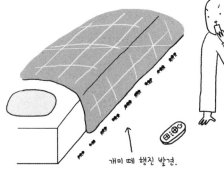

!!!

리모컨 줍다가 기겁함.

개미 떼 행진 발견.

결국 개미 약을 설치했다.
일개미들에게 독이 든 먹이를 옮기게 하여
최종적으로 여왕개미를 독살하는 것이 바로 개미 약의 원리.

그런데 일개미들을 지켜보고 있자니

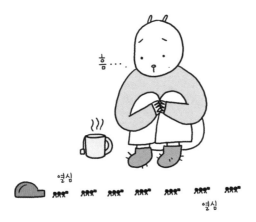

문득 내 모습도 이렇지 않나 하는 생각이 들었다.

월급 입금 알림 문자.

띠링!

꿈이라는 것이 생겨 회사를 떠나고 싶어지면
매월 꼬박꼬박 들어오는 월급이 발목을 잡는다.

그래서 회사에서 받는 월급이
때로 독인지 돈인지 헷갈리곤 한다.

일개미들처럼 똑같은 길만 따라가면
과연 그 끝에는 무엇이 있을까?

 보고 싶지 않은 것

며칠 전, 일어나자마자 햄버거를 배달시켰다.

그런데 감자튀김이 하나 더 왔다.

신나게 먹고 한동안 기분 좋게 누워 있다가

우연히 영수증을 보니

감자튀김이 두 개로 계산되어 있었다.

세상에는 보고 싶지 않은 것들이 참 많다.

오후 5시 30분쯤 나에게 주어지는 보고서들.
그리고 그 보고서를 건네는
아무렇지 않은 얼굴의 상사.
술 못하는 사람에게 술잔을 강권하는 술꾼.
집에 돌아가도 벗어날 수 없는 업무 지시 카톡.

예쁘고 좋은 것만 보고 싶은데,
눈을 감으면 보고 싶지 않은 것들이
자꾸 떠오르는 요즘이다.

 # 혼잣말이 늘었다

혼자 살기 시작한 이후
부쩍 혼잣말이 늘었다.

이런 식의 혼잣말이 늘었다.
(예전에는 혼잣말하는 사람
정말 이해 못 했음.)

그리고 가끔

하아…
이거 안 맞을 것
같은데.

어라?
방금 내가
또 혼잣말을 했나?

오늘 받은 택배.

아… 또 했네.

헷갈려서 또 혼잣말을 하기도 한다.

바보.

혼자 살면서 튀어나오기 시작한 혼잣말.
내가 이상해졌나?

화내기 vs 화 참기

우리 회사에는
아주 극단적인 성향의 사람이 두 명 있다.
먼저 유난히 화를 잘 내는 사람.

그는 마치 두려움에 떠는 고슴도치처럼 자기방어를 하는,
불편하고도 안타까운 사람이다.

반면 '어쩜 저렇게 잘 참지?' 싶은 사람도 있는데

저러다가 곧 시들어버리지는 않을지
걱정될 정도다.

퇴근 후.

결국에는 둘 다 병들 것 같다니까?
다들 왜 이렇게 극단적인지 모르겠어.

하하, 그러게.
그런데 자토는 화 못 내는
편이지?

으악! 여기서
끼어들면 어떡해!
아, 심장 떨려!
이런 XXX!
나쁜 택시!

끼이익

응?
너 방금 뭐 물어봤지?

아, 아니야~

하하,
다행이다.

나 지금 화내도 되는 상황 맞지?!

화를 참아야 하는 경우와 화를 내야 하는 경우,

이 둘을 구분하는 기준은

사람마다 미묘하게 다르다.

이 기준이 평범할수록 사람들과 좋은 관계를 맺기 쉬운 법.

각자의 기준이 무엇이든,

한 가지 말해두고 싶은 것이 있다.

엄마에게 화를 내는 경우

100퍼센트 후회한다는 것!

쌓아둔 화를 소중한 사람에게 푸는 일은

없었으면 좋겠다.

 소탐대실

퇴근길, 갑자기 치킨이 먹고 싶어졌다.

일부러 도착 10분 전에 전화로 주문했는데
30분 정도 걸린다고 했다.

금쪽같은 내 20분을 기다리는 데에 투자해야 한다는
사실에 이것저것 생각하다 보니

내릴 역을 지나쳤다.

결국 치킨을 먹자마자 또 잘 시간이 되었다.

퇴근 후 아무것도 하지 않으면
내 삶이 고인 물처럼 느껴진다.

삶이 잘 흐르고 있다는
기분을 느끼고 싶어
운동이든 꽃꽂이든 배워보려 애쓰면
아주 약간 앞으로 나아가고 있다는 느낌이 드는데
이렇게 흘러 흘러
큰 바다로 나아가고 싶다는 생각을 한다.

매일매일 열심히 살고 있는데
왜 회사에 다니는 것만으로는 만족스러운 삶을
꾸릴 수 없는 걸까?

누군가를 싫어하는 감정

평소에 아무 감정 없던 사람인데

한순간에 싫어지는 경우가 있다.

그 순간부터 그 사람을 보는 것만으로도 기분이 나빠지고

그 사람의 험담을 계속하게 되며

어떻게 복수할까 고민하기도 한다.

하지만 결국은

'누군가를 싫어하면
내가 제일 괴롭다'라는 것만 느낀다.

하지만 그의 자장면이 한참 늦게 나온 날처럼
아주 가끔 고소한 순간도 있긴 하지.

안 그래도 이런저런 고민으로
꽉 차 있는 내 머릿속.

싫어하는 사람보다 소중한 사람들로
내 머릿속을 꽉 채울 수 있으면 얼마나 좋을까?
싫어하는 사람에게
어떻게 복수할까 생각하기보다
소중한 사람들에게
어떻게 더 잘해줄지를 고민하도록.

싫어하는 사람에게 내주는 내 머릿속 공간이
너무 아깝다.

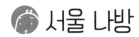 # 서울 나방

고등학생 시절, 나는 무조건 서울에 있는 대학에
가야겠다고 생각했다.

이유는 없다.
그냥 '서울이 뭐든 앞서 나가니까'라고 생각했었나?

어찌어찌하여 서울 내 대학에 진학하고,
취업을 하며 자취 생활을 이어왔다.

가로수길에는 멋진 가게들이 많았고

연남동에는 맛있는 식당들이 많았으며

광화문에는
대형 서점이 있었다.

그렇게 서울 생활에 익숙해질 때쯤,
문득 깨달은 것이 있다.

서울 밤하늘에는 별이 없다.

매일 보던 가족들도 없다.

그리고 내 적금으로
살 수 있는 집도 물론 없다.

참 살기 좋은 곳들을 두고
불빛을 쫓아 날아온
나방같이 살고 있다는 생각이 가끔 든다.
사실 나방들을 모으려고 켜놓은 불빛은
아닐 텐데 말이다.

 # 이름 공모전

인천공항에서 출발해 영종도를 한 바퀴 도는
'자기부상철도'가 운행되기 전

인천공항 홈페이지에
이름을 공모한다는 공지가 올라왔다.

공모전에 참가하기로 결심한 후,
며칠간 계속 이름을 고민했다.

그때 뭐라고 써서 냈는지 지금은 기억도 안 나지만
당시에는 '이거 당선되는 거 아니야?' 하는 기분으로
이름을 냈다.

그리고 몇 달 후, 홈페이지에 결과가 공지되었는데….

대상을 받은 이름은
다름 아닌 '인천공항 자기부상철도'였다.

고맙긴 한데…
음, 다 별로당~
그냥 본명 쓸게!
없던 일로 해.
그럼 안녕~

헐?

그리하여 저는
'인천공항 자기부상철도'가
되었답니당＊

이건 마치 친구가 필명을 지어달라고 해서
며칠 내내 고민하다가 지어줬더니
"아, 별로다. 그냥 본명 쓸게"라고 한 느낌 아닌가!

단순한 답을 확신하는 것은 어렵다.
복잡한 세상에 익숙해져서인지
우리는 단순한 답보다 복잡한 해설을 신뢰한다.

생각해보면 어려운 수학 문제의 답은
높은 확률로 0 또는 1이었다.
돌아가지 않아도 되는 지름길을 찾았다면
그냥 그 길을 믿고 걸어가도 될 텐데.

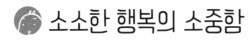 # 소소한 행복의 소중함

나는 조금이라도 행복에 가까운 느낌이 들면
'지금이라도 마음껏 행복하자'라고 생각한다.

앗. 나 지금 좀
행복한 기분인 것 같아.
콧노래가 나오고 있어!

포장이 독특한
수입 음료수.

아, 이것도 샀지♪

마트에서 사 온 물건들을
하나하나 구경하면서 정리할 때,

20L
재사용
종량제봉투

아 ♥
버스에서 감성 폭발.

어쩌다 마음에
드는 노래를 발견해서
계속 계속 듣고 싶을 때,

옛날에는 눈썹 숱 때문에
고민도 많이 했는데….

미용 기술이 발달해서
참 다행이야. 호호.

예전에 심각하게
고민했던 문제가
이제 해결되었다는 것을
깨달았을 때 등

2년에 한 번씩 눈썹 문신 시술 중.

그럴 때 느끼는 감정들은 소소하지만 참 소중하다.

소소한 행복이야말로 커다란 난제가 없을 때
비로소 느낄 수 있다는 것을 알았기 때문이다.

문득 지금 아픈 곳이 한 군데도
없다는 것을 깨달았을 때,
집 바로 앞에 맛있는 분식집이 생겼을 때,
처음 가본 카페의 커피가 싸고 맛있을 때,
지나가는 귀여운 꼬마에게 인사를 받았을 때,
비가 한껏 내리고 난 후 상쾌한 공기가 느껴질 때에도
콧노래가 나왔다.

큰 행운이 찾아올 것 같지 않다면
작은 행복들을 만났을 때 마음껏 즐기자.
난이도 높은 인생,
지치지 않고 살아갈 수 있도록.

2장

전자레인지로
마음을
데울 수 있다면

 # 반가운 사람

집 근처 카페에서 반가운 사람을 만나서

얼떨결에 큰 소리로 인사를 했다.

그런데…
그 사람이 누구인지 도무지 떠오르지 않았다.

라테 한 잔이랑….

근데 누구더라….

누구였더라?
아, 답답해.

아!!

포기하려고 할 때쯤
기억이 떠올랐는데….

바로 출근길 버스 정거장에서 매일 보던 사람이었다.

카페에서 마주친 순간 많이 반가웠던 것으로 보아
나도 모르게 그녀를 친근하게 느끼고 있었나 보다.

매일 같은 시간, 같은 장소에서 만나는 사람들이 있다.
이름도, 나이도 모르고
인사도 한 번 나누어본 적 없는 사람들이지만
추운 겨울, 출근 버스를 기다리다가
내가 탈 버스가 먼저 오면
남아 있는 사람들에게 "파이팅"이라고 외치고 가고 싶다.
실제로 외치면 서로 당황스러울 테니
대신 여기에서 외쳐야지!

출근길이 고된 동지들이여, 파이팅!

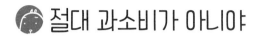 절대 과소비가 아니야

하나, 뿌리 염색을 하러 갔다가 미용사의 과도한 걱정으로
염색보다 비싼 클리닉을 받음.
그러나 절대 과소비는 아님.

맞아, 머릿결은
한번 상하면
되돌릴 수 없잖아?

자기 합리화 중.

둘, 그냥 구경만 하러 온 건데 매장 언니가
너무 친절해서 제품을 구매함.
그러나 절대 과소비는 아님.

이 립스틱에는
이 블러셔가 어울려요.
이번 봄 신상인데
이렇게 펴서
바르시면….

머릿속으로 가격 계산 중.

셋, 3개월만 요가를 배우려고 했는데
덜컥 6개월 코스에 등록. 그러나 절대 과소비는 아님.

넷, '세일'이라고 적혀 있어서 '싼 거 있으면 사야지~' 하고
들어갔으나 세일 품목이 아닌 비싼 옷이 마음에 듦.
이번에도 절대 과소비는 아님.

…라고 여기 호갱 한 명이 이야기한다.

직장인이 되면
돈을 마음껏 쓸 수 있을 줄 알았는데….
돈이 부족했던 대학생 때와 달라진 점은
'이 세상에는 더 비싼 것도 많다'라는 것을
깨달은 정도이다.

내가 번 돈이지만
그 돈을 쓸 때 이상한 죄책감이 들 때가 있다.
하지만 그 와중에 어렴풋이 드는 생각은 바로
'인생의 궁극적인 목적은 돈을 모으는 것이 아니다'라는 것.
돈을 써서 돈보다 소중한 것을 얻을 수 있다면
나는 망설임 없이 멋지게 쓰고 싶다!

내가 이래서 가끔 호갱이 되나?

아쿠아리움 속 세상

나는 아쿠아리움을 좋아한다.

갈 때마다 신기한 생물들이 많다.

이렇게 아쿠아리움을 돌아다니다 보면
'다들 자기만의 세상이 있구나'라는 것을
문득 깨닫는다.

그럴 때면 내가 아는 세상이 전부가 아니라는 생각에
중압감과 동시에 안도를 느낀다.

플랑크톤은
처음 그려봅니다만...
노안이네요.

하이~

당시에는 이 세상의 전부같이 느껴졌던 고민이
나중에 생각해보면 플랑크톤 정도로 작았던 경우가 많다.
나는 그런 플랑크톤 같은 경험들을 먹으며
조금씩 성장하고 있는 것 같다.

계획이 와르르

이런 식으로 모든 계획은
순식간에 무너진다.

나는 그냥 평범한 일을 소중히 여길 뿐인데….
회사에 다니다 보니 평범한 일들을 지키지 못하는 것이
어느새 평범한 일이 되어버렸다.

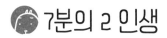
7분의 2 인생

쇼핑은 즐겁지만

회사에서 입을 옷을
억지로 골라 사려고 하면
돈이 너무 아깝다.

결국 마음에 드는
다른 옷을 사지만

도저히 회사에는 입고 갈 수가 없다.

결국 평일에 입을 수 있는 옷은 늘지 않는다.

인생의 7분의 2밖에 즐기지 못하다니!
나 잘 살고 있는 거 맞아?

넘어오지 마. 토일 / 월화수목금

어떤 이들은 이렇게 말한다.
닷새를 참았기 때문에 이틀이 더 행복할 수 있다고.
1년을 참았기 때문에 휴가가 더 즐거울 수 있다고.
이렇게 계속 참으면 노후가 더 편안할 수 있다고.

나도 그 말이 무슨 뜻인지 조금은 이해한다.
이해한다기보다 그렇게라도 바보같이 위안 삼으려 한다.

그렇게 잘 참고 있으니까
회사야, 제발 내 휴일은 넘보지 말아줘.

 보약은 어쩌면

친한 선배가 임신을 위해 보약을 지어 왔다.

보약을 먹는 동안에는
먹으면 안 되는 음식이 많다.

긍정적인 생각이 좋은 일을 불러온다는 흔한 이야기,
나는 그 흔한 이야기를 진심으로 믿고 있다.

하지만 실천은 너무나 어렵다.
좋은 점보다 나쁜 점을 더 많이 생각하고,
항상 긍정적으로 살고 싶은데
그러지 못한다.

어쩌면 보약은 '이걸 마시면 건강해질 거야'라는
긍정적인 마음을 갖게 해주므로
효과가 있는 것인지도 모른다.
그런 거라면 먹어볼 만하지 않나?
나의 부정적인 면, 보약으로 고칠 수 있다면 고치고 싶다.

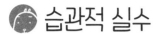 # 습관적 실수

과음한 다음 날.

몽롱

지금 몇 시지?
어제 별일
없었나?

푹

음, 없네 없어.

잠깐,
그건 꿈인가?

짠

잠시 스쳐가는
어제의 기억.

몰라...
일단 모르겠어.

지끈지끈

세 시간 후, 나는 좀비처럼 일어났다.

으어어~

그리고 어제 같이 술을 마신 친구의
생사를 확인한 후

너 괜찮아?
나는 안 괜찮아.

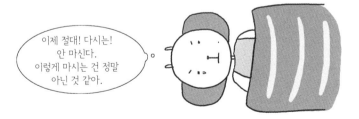

이제 절대! 다시는!
안 마신다.
이렇게 마시는 건 정말
아닌 것 같아.

바보 같은 다짐을 하며 다시 잠들었다.

그리고 저녁 늦게 정신을 차렸을 때는

혼자 살아 다행이라고 생각했다.

다음 날.

습관적 실수는 반복적 후회를 만들고
반복적 후회가 한심한 자토를 만든다.

귀신보다 무서운 것

자취방에는 귀신보다 무서운 것이 세 가지 있다.

하나, 음식물 찌꺼기가 쌓인 싱크대 배수구.

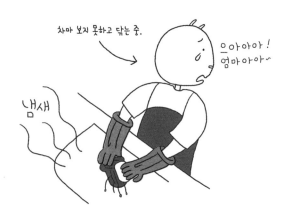

둘, 머리카락이 쌓인 목욕탕 하수구.

셋, 있는 줄도 몰랐던 냉장고 속 야채.

아, 한 가지 더!
커지는 줄 모르고 쌓아뒀던 스트레스도 무섭다.
시간이 해결해줄 것이라고 생각하고 방치한다면
그 감정들도 썩은 양파들처럼 되어버릴지 모르니 주의!

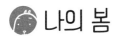 # 나의 봄

봄이 전혀 느껴지지 않는
생기 0퍼센트의 공간, 사무실.

결국 점심시간에 짧은 산책으로 아쉽게나마 봄을 느낀다.

주말에는 꼭 놀러 나가리라 다짐하며
사무실에서 평일을 보내지만

막상 주말이 되면 비가 오거나,

아니면 미세먼지 주의보.

그러다 보면 곧

여름이 온다.

살면서 즐길 수 있는 내 인생의 봄이
왠지 점점 짧아지는 느낌.

어렸을 때는 토끼풀 꽃으로
왕관이나 목걸이, 반지를
만들며 놀았다.

어린 시절의 봄은 숲속의 긴 산책로 같았는데
지금의 봄은
빌딩 옥상의 작은 정원 같아 아쉽다.

혼밥, 어디까지 먹어봤니?

홀로 살이 10년 차.
혼자 식당에 가는 것쯤 일도 아니다.

처음 혼자 식당에 갔을 때는
눈치가 보여 허겁지겁 먹었는데

지금은 사람 많은 초밥집에서도 무난하게 혼자 식사한다.

가끔 혼자 사는 친구들과 어디까지 해봤나
대결을 하기도 한다.

언젠가 "혼자 회전 초밥을 먹고 있는데
후배와 후배 남자 친구가 들어와서 민망했어"라는
친구의 말에 공감한 적이 있다.

기승전자레인지

내 몸과 마음을 마음대로 할 수 있다면 얼마나 좋을까?
견디기 힘들 때 코와 귀는 잠시 떼어놓고

좋지 않은 기억은 깨끗하게 씻어서

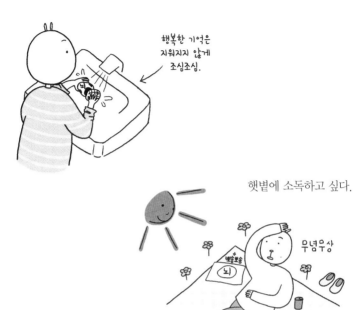

행복한 기억은
지워지지 않게
조심조심.

햇볕에 소독하고 싶다.

무념무상

그리고 따뜻한 감정은

따끈따끈

데우는 건 역시 전자레인지지.
자취의 꽃! 만능 해결사 ♥

열정

전자레인지
찬양자.

식지 않도록
꺼내서 전자레인지에 돌리고 싶다.

사람의 감정은 한결같이 유지하기 쉽지 않다.
또한 좋은 감정들은
나쁜 감정들보다 더 빨리 식는다.

얼마나 하고 싶었던 일이었는지,
얼마나 좋아했던 사람이었는지,
얼마나 감사하게 생각했는지,

시간이 흐르고 차가운 바람이 불어도
잊지 않았으면 좋겠다.

다 회사 탓이다

어느 날 아침.

뭐지, 이 이상한 기분은? 잇몸에서 턱까지 아파.

욱신욱신

헉, 심하게 부었네. 양치 어떻게 하지?

치과 갔다가 출근한다고 할까? 아냐, 갑자기 치과라니. 몸살도 아니고. 늦잠 자서 핑계 대는 것 같잖아.

찔끔

욱신욱신

일단 빨리 출근하자.

구시렁
구시렁

아니야.
이건 게으른 나와
스트레스를 주고도 병원에
가기 힘들게 한 회사의
공동 책임이야.
들었지, 잇몸아?

결국은 그날 치과에서 치료를 받았는데….

야간 진료가 있었다니.

아이고,
많이 아팠겠네요.

치료 끝났습니다.
이틀 뒤에
소독하러 오세요.

선생님,
근데 원인이 뭔가요?
역시 스트레스인가요?

전적으로 내 탓이었다니…

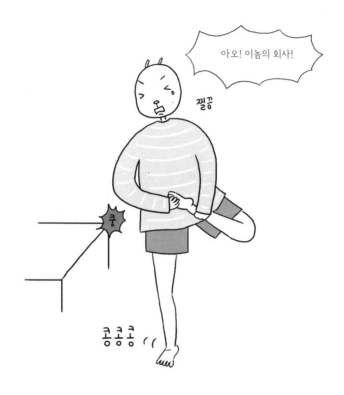

며칠 뒤, 급하게 출근 준비를 하다가
테이블 모서리에 새끼발가락을 부딪혔다.
그날도 역시 회사를 원망했다.

회사에 오래 앉아 있었더니 뱃살이 찌기 시작했다.
(하지만 개미허리 친구도 회사에 다닌다.)

야근을 자주 해서 남자 친구 만들 시간이 없다.
(하지만 우리 팀 여자들 중 나만 남자 친구가 없다.)

회사 때문에 힘들어서 걷지 못하고 택시를 탔다.
(하지만 주말에도 택시를 마구 탄다.)

오늘 특초밥 세트를 사 먹은 건 열심히 일했기 때문이다.
(하지만 이번 주에 벌써 세 번이나 먹었다.)

회사 스트레스 때문에 피부가 푸석해졌다.
(며칠 전에 친구들과 과음을 하기는 했다.)

그래, 나도 안다! 그래도 다 회사 탓이야!

감각 마비

좋은 사람에게 좋은 이야기를 들어도,

향기로운 꽃밭을 지나도,

맛있는 음식을 먹어도

와 닿지 않을 때가 있다.

마치 약을 삼킨 것처럼
모든 감각이 마비된 느낌이랄까?

잠시 후.

시간이 지나면
이 고민도 희미해지리라는 것을 알고 있지만

그 사실을 알고 있다고 해서
데미지가 없는 것은 아니었다.

그냥 고민에 취약한 나 자신이 미울 뿐.

방심하다가 물속에 빠졌을 때
발버둥 치지 않고 힘을 빼면
자연스럽게 떠오를 수 있다.
이유 없는 우울함에 빠졌을 때,
걱정하지 말고 그냥 느긋하게 기다려보는 것은 어떨까?

내가 변한 걸까?

회사에서 화를 내고 나면
변해가는 내 모습 때문에 또 화가 난다.

안녕하십니까!
자⋯ 자토입니다.
잘 부탁드립니다!

내가 신입 사원이었을 때, 나는 선배들을 이렇게 구분했다.

1. '똑바로 안 해?'형
2. '완전 천사'형
3. '난 너희한테 관심 없어'형

그리고 내가 나중에 어떤 유형의 선배가 될지 생각했을 때
2번은 아니더라도 3번은 되지 않을까 생각했다.

하지만 나는 1, 2, 3번의 모습이 번갈아 나타나는
이상한 사람이 되어버렸다.
그때 날 화나게 했던 선배도
신입 시절에는 나처럼 생각했겠지?

피할 수 없는 것

길을 걷다가

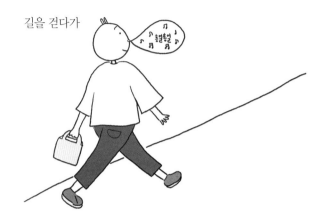

멀리서 오토바이가 이쪽으로 달려오는 것을 보면

순간 머릿속이 하애지면서 움직일 수가 없다.

최근에는 한 가지가 더 추가되었는데….

사람 많은 곳에서 스마트폰에 집중해서 걷는 사람을 못 피한다.

이런 일을 당하면 당시에는 매우 불쾌한데
나도 무심코 저지르는 일이기 때문에
남을 욕할 자격이 안 된다.
오늘도 지하철에서 모르는 사람에게
마음속으로 한껏 저주를 퍼붓고 한참 뒤에 반성했다.

토마토 이야기

안녕하세유~ 지는 토마토예유~ 날씨가 좋으네유~

지는 지금 친척들과 마트에 있어유. 농부 아저씨가 저를 이곳으로 보냈쥬.

산지 직송 토마토 1천 원

아저씨는 제가 이쁘게 잘 익었다면서 칭찬해주셨어유.

여기에서 저를 데려가줄 분이 나타날 거래유.
어서 그분이 나타났으면 좋겠어유.

앗, 한 손님이 지를 발견했네유!

진지— 이쁜 애들만 데려가려나 봐유.

앗, 지두유?

지는 이제 어떤 요리가 될까유?
토마토소스? 샌드위치?
주스? 설탕 토마토?

아, 여기가 냉장고라는 곳인가 봐유? 듣던 대로 시원허네유.

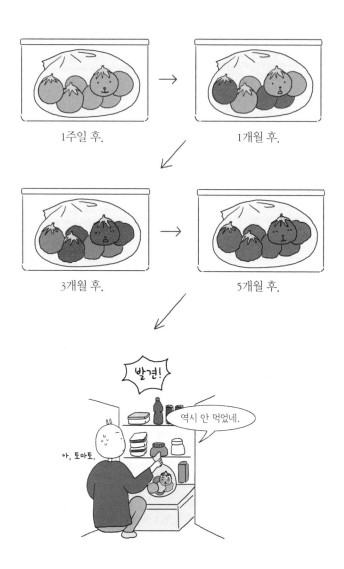

1주일 후.

1개월 후.

3개월 후.

5개월 후.

발견!

역시 안 먹었네.

아, 토마토.

쭈글
쭈글

안녕하세유….
토마토예유….
냉장고에서 생을 마감했시유.

유언이유?
토마토 여러분!
자취생을
조심허세유!

그리고 당신을

저주 하리으~

미안하다….

동네 마트에서 토마토가 탐스러워 보여 사 왔다.
집에 와서 하나를 먹고 뿌듯!
나머지는 야채실에 보관했는데
그날 이후로 도무지 먹고 싶은 생각이 들지 않았다.

몇 개월 후,
흐물흐물해진 토마토를 처리하며
다시는 토마토를 사지 말아야겠다고 생각했다.

그런데 지금,
또 시원한 토마토가 먹고 싶다.
왜 먹고 싶은 생각은 나중에서야 드는 걸까?

계속 이렇게 살아도 될까?

제주도 애월에 있는 카페를 방문했다.

마스코트 역할을 하고 있는 웰시코기들은
카페를 찾아오는 사람들의 사랑을 받으며

따뜻한 햇볕을 맘껏 쬐고,
살랑살랑 불어오는 바닷바람을 맞으면서 낮잠을 잤다.

있지,
얘네를 보고
있으니까….

웰시코기
키우고 싶어?

아니,
그냥 개가
되고 싶어.

나도 여기에서 키워줬으면 좋겠다.

나도.

푸른 제주도에서 투명한 공기를 마시며 살고 있는 웰시코기들이
내 기준에서는 참 행복해 보여서
'나는 계속 이렇게 살아도 되는 걸까?'라고
나 자신에게 되묻게 되었다.

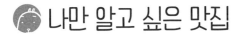 # 나만 알고 싶은 맛집

제주도에 갔을 때, 아침 일찍 전복 돌솥밥을 먹으러
한 식당에 들렀다.

이런 맛집은

우앗!

앙

인기가 많아지지
않았으면 좋겠다.

입속에서 전복들이 춤을 추는 것 같아!

인기가 많아지면 몇 시간 대기는 기본이고

가격이 오르는 경우도 있기 때문이다.

반면 손님이 너무 없어서 문을 닫아서도 안 된다.

그날의 대화는 이렇게 마무리되었지만

정말 맛있는 곳에 가면
종종 이렇게 이기적인 생각이 든다.

'나만 알고 싶은 맛집'이라고 해서 그 가게를
정말 나만 알고 싶은 건 아니다.
그 맛집에 친구를 데리고 가는 것도 하나의
큰 즐거움이기 때문이다.

우선 "주문은 나에게 맡겨!"라고 말하며
가장 맛있게 먹었던 메뉴들만 쏙쏙 골라서 시킨다.
"여기 진짜 맛있는 데야"라고 잔뜩 어필해두고
요리들이 나오면 친구의 표정을 살핀다.
친구의 반응이 시큰둥하면
내가 가게 주인인 양 속이 상한다.

여기 진짜 맛집인데….
맛있다고 말하란 말이야!

3장

천천히 걸으며
살아도
괜찮아

 # 기대할 용기

어? 지금 이거
혹시….

앗! 안 돼,
안 돼.

도리   도리

기대하지 말자!

으샤!

5년 전.

아마도 기대했다가 실망했던 경험들이
나도 모르는 사이에 상처로 남았기 때문이겠지.

'기대'라는 것은 과연 몇 퍼센트의
확신이 들 때 해도 좋은 걸까?

확신 없는 기대는 과연 무모한 걸까?

기대를 품기 위해서는 실망할 용기가 필요하다.
과거의 경험은 지금 일과
전혀 별개의 것인 줄 알면서도.

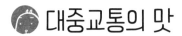 # 대중교통의 맛

버스와 지하철, 둘 중 하나를 골라야 한다면

답답한 지하철보다
창밖이 보이는
버스가 좋다.

특히 저녁 무렵, 버스가 한강을
지날 때면 '서울이 이렇게
멋지구나' 하는 감상에 빠지곤 한다.

그러나 지하철의 장점을 느낄 때도 있는데

맞은편에 귀여운 아기가 타고 있을 때.

덧! 지하철에만 타면 생기는 일.

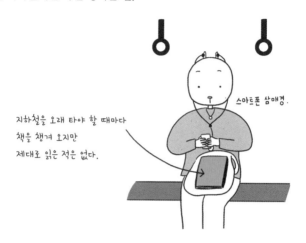

오늘도 지하철 안의 사람들은 모두 무표정했다.
야근하고 퇴근 중인 나를 포함해서.

그런데 조용했던 우리 칸에 엄마와 함께 아기가 탔다.
까르르 웃는 아기를 보고 있는 사람은
맞은편에 앉은 나뿐이라고 생각했는데.
지하철 안의 모든 사람이
어느새 빙그레 웃고 있었다.

사람들의 웃는 모습은 아기만큼 예뻤다.
무표정했던 우리도
실은 환하게 웃을 수 있는 사람이었던 것이다.

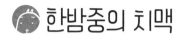 # 한밤중의 치맥

토요일 늦은 저녁, 집 앞 치킨집에서 맥주를 마시다가

치킨을 사러 온 학생들을 구경하게 됐다.

다들 들뜬 표정이었고,
한 명은 루미큐브를 들고 있었다.

사실은 한밤중의 치맥도 참 좋은 것 같아.

만에 하나 기적이 일어나
과거로 돌아간다면 어떻게 될까?

갑자기 팔목에 생겼던 혹도 다시 수술해야 하고,
불안한 미래 때문에 또 갈등하며,
자존감이 낮아 암울했던 시기도
다시 고스란히 보내야겠지.

이렇듯 내가 그리워하는 과거는 생각해보면
당시를 잘 버텨낸 자신이 기특할 정도로
어려운 시절이기도 했다.

나는 과거로 돌아가기보다
지금 이 순간을 더 기특하게 보내고 싶다.
미래의 나에게 칭찬받을 정도로.

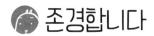 존경합니다

발목을 삐끗해 정형외과를 찾았다.

그런데 잠시 앉아서 대기하던 중,
접수원 언니와 배달원 사이에 무슨 문제가 생긴 듯하더니

그 친절한 언니가 갑자기
벼락같이 화를 내기 시작했다.

그리고 이내 아무 일도 없었던 것처럼 다시 친절해졌는데,
사실 그 모습이 더 무서웠다.

자신의 기분을 숨겨야 하는 감정 노동은
평범한 회사원에게도 아주 흔한 일이다.

예를 들어,
나는 술을 꽤 마심에도 불구하고
회식 때마다 잘 못 마시는 척을 했다.
사실 조금 더 마시고 싶었던 날도 있었는데
한번 잘 마시는 모습을 보이면
내키지 않는 날에도 술을 강요당할까 봐
애써 약한 척을 한 것이다.

음, 이건 아닌가?

 # 또 존경합니다

일본에서 잠시 지낼 때,
전단을 유난히 많이 배포하던 거리가 있었다.

무심코 한 장을 받으면

모두의 타깃이 되어
곤란해지곤 했다.

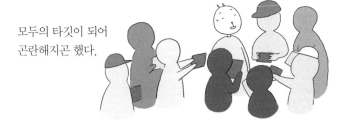

그렇지 않아도 북적이는 그곳을 지나가다 보면
나도 모르는 사이 손에 전단이 들려 있었다.

그래서 팔짱을 끼고 걸어보기도 했지만

마찬가지였다.

한번은 오기가 생겨 신경 써서
터널을 빠져나왔는데

이번엔 내가 이겼다!

옷을 갈아입다가 모자 안에서
튀어나온 광고물을 보고 감탄하고 말았다.

 어른들은 귀엽다

아이는 언제 봐도 귀엽지만

어른들에게도 뜻밖의 귀여움이 있다.

예를 들면 동물원에 온 어머님들.

분식집에서 본 아저씨.

그리고….

꽃 자수 사진이 잔뜩.

SNS 속 엄마도 정말 귀엽다.

모르는 아기나 어린이들에게는
"안녕~ 아이고, 귀여워라!"라고 말해줄 수 있지만
모르는 어른들께는
"안녕하세요. 참 귀여우시네요!"라고
쉽게 말을 건넬 수 없어 아쉽다.

 # 결정 장애

어떤 선택을 할 때 스트레스를 받는 이유는 무엇일까?

'이걸 선택했을 때 후회하면 어떡하나' 하는 걱정과

여기가 제일 괜찮은 것 같긴 한데….

에어비앤비는 한 번도 이용해본 적 없는데. 나중에 후회하면 어떡하지?

P.M. 22:00

(결제 직전.) 더 괜찮은 데가 있을 것 같아. 딱 한 번만 더 둘러보자.

A.M. 00:00

'더 좋은 안이 있지 않을까?' 하는 미련 때문인 것 같다.

역시 처음 봤던 곳이 제일 나은 것 같은데….

A.M. 01:00

A.M. 02:00

하지만 결과는
고민 시간과 비례하지 않는 듯하다.

결단력 있는 사람이 부럽다.
자기 자신에게 확신을 가지고 빠른 결정을 내릴 수 있는 사람.

그런데 그런 사람이 정말 존재하기는 하나?

우리는 모두 다른 종류의 화분이다

영차!

창가에 둬야겠다.

분명 똑같은 환경인데

어떤 화분은 꽃이 피었고
어떤 화분은 시들었다.

사람도 마찬가지다.
누가 봐도 행복해야 할 상황인데
행복하지 않은 사람이 있다.

선배 잘나가시네요.

부럽다!

대기업에 다니는 엘리트 A군.

시를 쓸 때가 가장 행복한데
생각에 잠길 여유가 없네.

이 취업난에 배부른 소리겠지….

집에서도 업무 중.

이처럼 사회가 말하는 '성공'이라는 길로 들어섰다 한들
정작 자신은 행복하지 않을 수도 있다.

물론 꽤 행복할 수도 있고.
이것을 잘 판단하는 것이 나의 몫.

칼랑코에.
개화 시에 물을 조금씩 주고 건조하게
기르는 것이 좋다.

나에게 맞는 답이 다른 이에게는 틀린 답일 수도 있으므로
다른 이의 답을 굳이 지적할 필요는 없다.
누가 봐도 오답인 답안을 선택해도
내가 즐겁고 뿌듯하면 그만이다.

화재 경보음이 알려준 것

쉬는 날 딱히 할 일이 없어 만화방에서 시간을 보낸 후….

돌아오는 지하철역에서 갑자기 화재 경보음이 울렸다.

경보기 오작동이었다고 판단.
아무렇지도 않은 척 다시 걸었지만

3초 만에 다시 제 갈 길 감.

'만화방에서 혼자 시켜 먹은 볶음밥이 마지막일 뻔했나?' 하고
머릿속이 복잡해졌다.

좀 더 멋지고
뿌듯한 일을 하다가
죽고 싶어.

만화방에 다녀오는 길에
죽는 건 싫다고.

한 시간 전.

무엇보다 그때 솔직히 말하지 못했던 것이
제일 후회되겠지?

'가보고 싶었던 그곳,
언젠가는 꼭 여행 가야지.'

'그림 그려보고 싶은데,
여유가 생기면 꼭 배워야지!'

'사랑한다는 말,
다음에는 꼭 해야지.'

내일 당장 무슨 일이 일어날지도 모른다는 사실.
너무나 당연한 그 사실을 우리는 마치 공기처럼
인지하지 못하고 살아간다.

심플 라이프를 꿈꾸다

서점에서 어떤 책을 발견했다.

그래서 청소를 시작했는데

결국 버리게 된 것은
심플 라이프를 바란 내 마음이었다.

이사 날.

얘네 혹시 나 몰래
새끼라도 낳고
있는 거 아냐?

자꾸 늘어나는 인형들.

흠……

이사할 때 짐을 정리하다 보면
이 짐들이 어느새 이렇게 불어났나 싶다.
대체 이 작은 원룸에 저 짐들이
어떻게 다 들어가 있었는지 미스터리.

 피로를 없애는 법

최근에는 조금만 움직여도 지치고

온종일 피곤하고 나른한 게

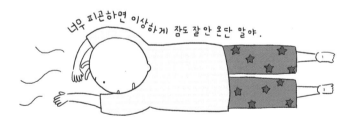

체력이 급격히 저하된 느낌이 들어 무서웠다.

원인은 역시 운동 부족인가 싶어서

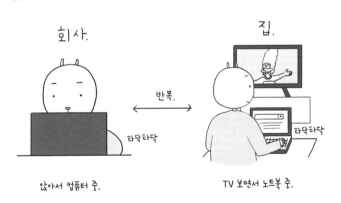

큰맘 먹고 PT를 받기로 했다.

PT는 역시 비싸구나 싶었지만

비싸다고 생각하니 운동을 빼먹지 않게 되었고

열심히 운동을 다니다 보니

하루가 더 피곤해졌다.

그러나 사람의 마음이란 참 속이기 쉬운 것.
피로가 사라지지는 않았지만 피로를 즐기게 되었다.

헬스장에서는 조금이라도 더 뛰려 하고

평소에는 조금이라도 덜 걷기 위해 노력한다.

이건 운동, 저건 노동.

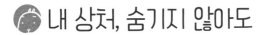 # 내 상처, 숨기지 않아도

내가 좋아하는 사람이 나에게 약간 실망하거나

또는 나에 대한 선입견을 가지게 될까 봐

나의 약점이나 상처를 보여주기가 망설여진다.

하루는 언니가 다니는 도자기 공방에 따라갔다.

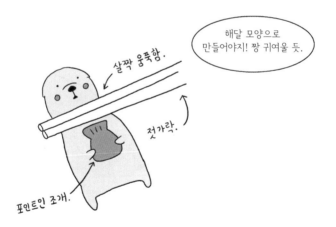

227

도자기가 아닌 다른 걸 배운 느낌이었다.

✱ 완성품 ✱

밥 먹을 때 놓는 걸
자꾸 까먹어서
활용도가 낮다.

자신의 약점을 보여줄 수 있을 때
비로소 진심으로 남을 받아들일 자세가 갖추어지는 법.

간사한 마음

친구와 약속이 있는 날!

아침.

오늘 퇴근하고 승현이 만나기로 했으니까 이거 입어야겠다.

오늘 끝나고 어디 가?

정심시간.

친구랑 양꼬치 먹기로 했어요!

근데 방금 파투 났네요.

아이고~

우씨!

알겠어.

띠띠

이렇게 친구가 갑자기 약속을 깨면 보통은 기분이 안 좋지만…

다른 날.

선배, 오늘 상태가
왜 그래요?
어제 술 마셨어요?

얼굴이 말이 아니네요.

아니, 어제 잠을
잘 못 자서….

아… 끝나고
승현이 만나기로
했는데.

너무 피곤하다.

얼른 집에 가서
쉬고 싶다.

아함~

P.M. 15 : 00

P.M. 15 : 30

P.M. 16 : 00

여유로울 때 .

하지만 내 마음이 제일 간사해지는 곳은 역시 회사인 것 같다.

이루어질 수 없는 인연

회사 생활을 하면서 겪은 슬픈 일 중 하나.

나와 잘 맞는다고 느꼈던 사람이

일적으로는 정말 맞지 않는다는 것을 깨달은 것.

하지만 더 슬픈 사실은
그 사람도 나와 같은 생각을 하고 있다는 것!

세상에 나와 똑같은 사람은 없다는 것을 알면서도
느낌이 좋은 사람을 만나면
쉽게 기대하게 된다.

'나랑 정말 잘 맞는 사람이야'라고 말이다.

하지만 그 생각은 곧 상처로 이어지기 쉽다.
나도 모르게 그 사람을
'이 사람은 어떤 사람이야'라고 단정 짓기 때문이다.

하나부터 열까지 다 잘 맞는 사람은 없다.
오히려 하나라도 나와 잘 맞는 점이 있다면
그 사람에게 고마워해야 한다.

지금 이 상황, 혹시?

고속도로에서 화장실이 가고 싶어졌다!

겨우 휴게소에 도착했으나

안내를 따라 힘겹게 찾아간 간이 화장실은
줄이 너무 길었다.

꿈이 의도적으로 나를 화장실에 다다르지 못하게 해준 것이
신기할 따름!

또 이런 적도 있다.

물총 싸움 중에 친구가 자꾸 내 얼굴을 공격했는데

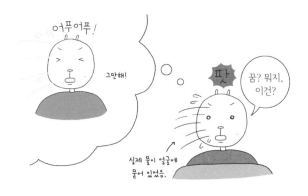

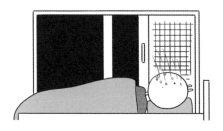

방충망 사이로
비가 들이치고 있었다.

그래도 뭐니 뭐니 해도 가장 불쾌한 꿈은

출근해서 온종일 일하는 꿈이 아닐까?

다시 꾸고 싶은 꿈은 바로 폭식하는 꿈.
많이 먹었음에도
살찔 걱정이 없어서 즐거웠다.

아주 어린 시절, '이건 꿈이야!'라고 생각하자마자
주변이 서서히 흐릿해지더니 이내 잠에서 깬 적이 있다.
완전히 깨기 전까지 조금 시간이 있었는데
그 순간을 즐기지 못한 것이 아쉬웠다.

'지금 이 순간이 꿈이라면 남들 신경 안 쓰고
정말 자유롭게 살아볼 텐데' 하고 생각할 때가 있다.
그냥 지금 이 순간을 꿈이라고 생각하고
즐기며 살 수도 있는데 말이다.

아무것도 해보지 못하고 깨버렸던 그 꿈속에서처럼,
나는 여전히 아무것도 하지 못하고 있다.

집안일에도 호불호가 있다

나는 보송보송하게 다 마른 빨래를
개는 일을 좋아한다.

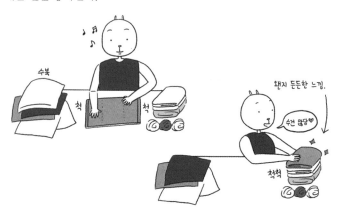

그러나 축축한 빨래를 꺼내서
너는 일은 별로 안 좋아한다.

청소기를 돌리기 위해 선을 풀고 코드를
꽂는 것은 귀찮지만

청소기를 돌리는 건 나름 좋아한다.

쌀을 씻는 건 귀찮다.

그러나 다 된 밥을 주걱으로
보슬보슬 저어주는 것은 좋아한다.

분리수거장에 내려가는 게 귀찮아서
쓰레기를 쌓아두곤 하지만

막상 내려가면 분리수거를 즐긴다.

설거지는 비교적 좋아하는 편이지만

건조된 그릇을 정리하는 건 역시 귀찮다.

좋아하는 일을 찾고 싶다면 일단 뭐든 해봐야 한다.
자취를 시작하기 전까지는
빨래를 갤 때 느끼는 상쾌한 기분을 몰랐던 것처럼,
좋아하는 일은 어디서든 나타난다.

물론 좋아하는 일을 찾는 데 시간이 꽤 걸릴 수도 있다.
하지만 그 시간이 낭비일 것이라고 생각하는 것은 오산이다.
그렇게 찾은 '좋아하는 일'이
나의 남은 인생을
어떻게 변화시켜줄지는 아무도 모르는 거니까.

좋아하는 일만 하고 살기는 어렵지만
좋아하는 일도 하며 살기는 생각보다 쉽다.

 # 공과금 효과

자취생은 공과금 우편을 볼 때 비로소
또 한 달이 지났다는 사실을 깨닫는다.

> 공과금 지로 용지가
> 또 왔구나.
> 월급도 매달 들어오는 건데
> 왜 월급날은 천천히
> 돌아오는 것 같지?

그리고 나의 무지함은 물론

> 세대 급탕비?
> 급탕비가 뭐지?

> 급탕비란 뜨거운 물을
> 공급한 요금을 말한다….
> 아, 온수 비용이구나!
> 전혀 몰랐어.

검색 중.

가끔 따뜻함도 느낀다.

자취를 시작한 이후, 에어컨을 켤 때마다 공과금이 떠오른다.

그리고 습관적으로 퇴사를 생각할 때도 공과금이 떠오른다.

자취를 시작하고 공과금 지로 용지를 처음 받았을 때,
생각지도 못한 돈을 내야 한다는 사실에 살짝 놀랐다.

그제야 나는 지난 20년 동안 내가 공과금을 한 푼도 내지 않고
편하게 살았다는 것을 깨달았다.

자취를 시작하고 나서야 나는 알게 되었다.
이때까지 내가 정말 많은 도움과
보호를 받고 살았다는 사실을.

아무도 알아주지 않아도

네가 벗나무였다는 사실을 안 순간,
왠지 모를 감동이 밀려왔다.

어쩌면 우리는 모두 벗나무가 아닐까?
지금은 나 자신조차도 눈치채지 못하고 있지만
언젠가는 꽃이 만개할,
그런 벗나무.

에필로그

어느 날, 거울을 보다가 왼쪽 볼에 점 하나를 발견했습니다. 처음 봤을 때는 너무 작아서 '뭐가 묻었구나' 하고 생각했는데 손으로 닦아보니 역시나 점이었습니다. '언제 생긴 거지?! 28년 동안 아무것도 없었던 곳에 갑자기 점이 생기다니!' 하고 생각한 것도 그날뿐, 워낙 사이즈가 작았기 때문에 저는 그 점의 존재를 곧 잊게 되었습니다.

그렇게 몇 달이 지났을까. 문득 거울로 얼굴 여기저기를 뜯어보는데 볼의 점이 조금 커진 것처럼 느껴졌습니다. 또 몇 달이 지난 후, 이번에는 점이 확실히 커졌다는 것을 알게 되었습니다. 그리고 이제는 거울을 볼 때마다 육안으로 보일 정도의 크기가 되었습니다.

점을 빼는 것이 딱히 아프다거나 어렵지 않다는 것을 알기 때문에 이 점도 빼볼까 생각했지만 왠지 위치가 나쁘지 않은 것 같아서 일단은 그냥 두고 있습니다(코 옆이나 인중, 이마 정가운데였다면 당장 뺐겠지만…). 하지만 '이 점이 엄청나게 커지면 어쩌지?' 하는 두려움도 여전히 품고 있기 때문에 가끔 점의 크기를 체크하곤 합니다.

이렇게 저는 볼에 있는 점의 존재를 굉장히 신경 쓰고 있지만 제 주변 사람들은 제 볼에 점이 생겼다는 사실조차 눈치채지 못합니다. 당연하지요. 매일 바쁘고 복잡하게 살아가고 있는데 지름 1밀리미터 정도 될까 말까 하는 까만 점을, 더구나 남의 얼굴에 있는 점을 누가 신경이나 쓰겠습니까. 하지만 남들이 보기에 그냥 저냥 평범한 저의 점은 이 책의 이야기들과 많이 닮아 있습니다.

왼쪽 볼에 어느 날 갑자기 생긴 작은 점처럼 나에게 일어난 소소하고 작은 이야기, 모두가 경험해보았지만 특별히 언급하거나 나누지 않았던 이야기, 신경 쓰지 않으면 지나치기 쉬운, 그러나 한번 눈치채면 가끔 생각나는 이야기. 이런 이야기들은 누구나 가지고 있습니다. 이런 이야기도 함께 나누면 의미가 생깁니다.

이렇게 글을 쓰고 나니 이제 제 왼쪽 볼의 점에도 의미가 생긴 것 같습니다. 이 책의 이야기들처럼 말이에요.

여름밤에, 자토 하지나

오늘도
솔직하지
못했습니다

2016년 9월 26일 초판 1쇄 발행
2016년 11월 23일 초판 2쇄 발행

글·그림 | 자토
발행인 | 이원주
책임편집 | 김은경
책임마케팅 | 문무현

발행처 | (주)시공사
출판등록 | 1989년 5월 10일(제3−248호)

주소 | 서울시 서초구 사임당로 82(우편번호 06641)
전화 | 편집(02)2046−2853 · 마케팅(02)2046−2894
팩스 | 편집 · 마케팅(02)585−1755
홈페이지 | www.sigongsa.com

ISBN 978−89−527−7699−0 03810

본서의 내용을 무단 복제하는 것은 저작권법에 의해 금지되어 있습니다.
파본이나 잘못된 책은 구입한 서점에서 교환해 드립니다.